Brontorìona

JAMES HOWE
dealbhan le RANDY CECIL

A' chiad fhoillseachadh ann an 2010 le Candlewick Press - Meur de Walker Books, Lunnainn
99 Sràid Dover
Somerville
Massachusetts 02144

© an teacsa Bheurla James Howe, 2010
© nan dealbhan Randy Cecil, 2010

An tionndadh Gàidhlig le Seonag Monk
© an teacsa Ghàidhlig Acair, 2011
An dealbhachadh sa Ghàidhlig le Mairead Anna NicLeòid

A' chiad fhoillseachadh sa Ghàidhlig 2011
Acair Earranta,
7 Sràid Sheumais
Steòrnabhagh
Eilean Leòdhais HS1 2QN

www.acairbooks.com
info@acairbooks.com

Clò-bhuailte le Leo Paper Products Ltd.

10 9 8 7 6 5 4 3 2 1

Gheibhear clàr catalog CIP airson an leabhair seo ann an Leabharlann Bhreatainn.

Chuidich Comhairle nan Leabhraichean am foillsichear le cosgaisean an leabhair seo.

Tha Acair a' faighinn taic bho Bhòrd na Gàidhlig.

LAGE/ISBN 978 086152 3931

Dha Mark,
dannsair na chridhe
J. H.

Dha Sophie
R. C.

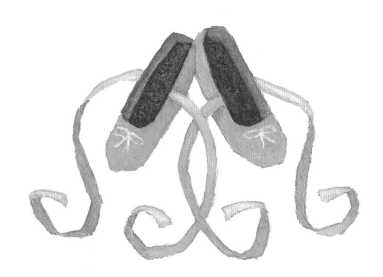

Bha aisling aig Brontorìona.

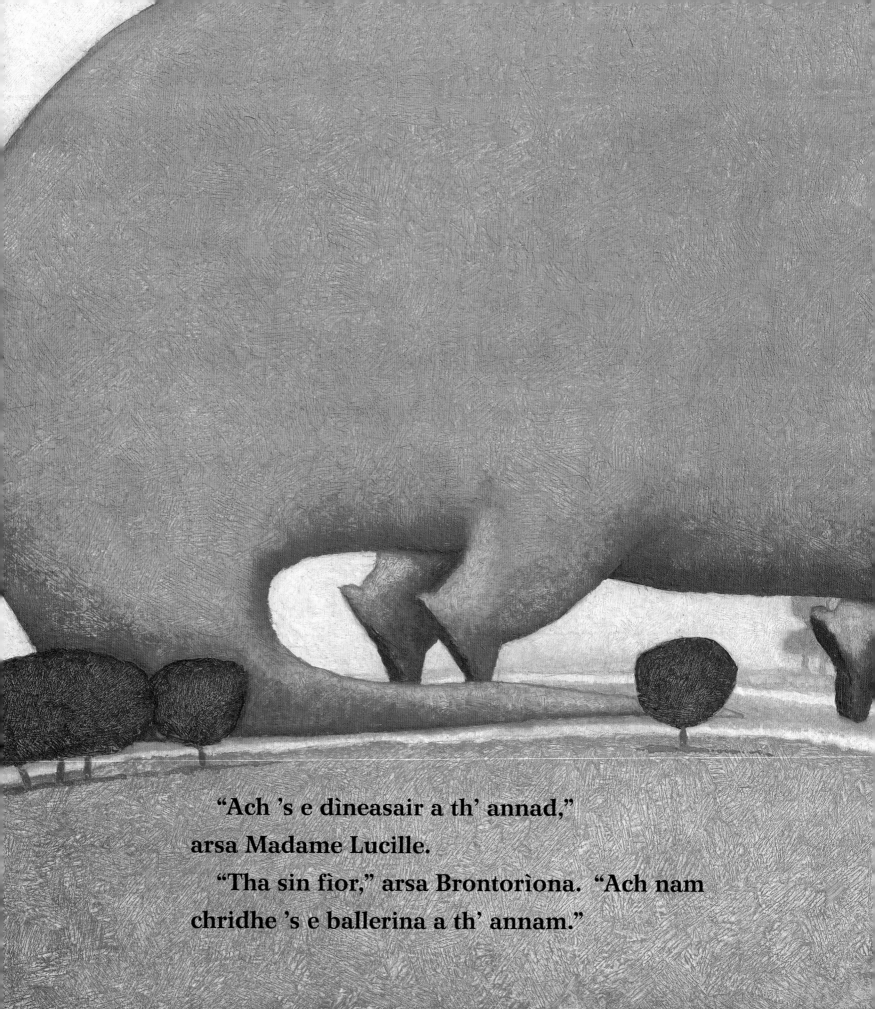

"Ach 's e dìneasair a th' annad,"
arsa Madame Lucille.

"Tha sin fìor," arsa Brontorìona. "Ach nam
chridhe 's e ballerina a th' annam."

Smaoinich Madame Lucille dè dhèanadh i.
Cha robh dìneasair aice riamh roimhe mar oileanach.
Bha dìneasairean car mòr. Agus, gu dearbh, cha robh
na brògan ceart aig an tè seo.

'S ann an uair sin a dh'fhairich i Clara agus Seoc
a' draghadh a sgiort. "O, siuthad! Siuthad!" ars iadsan.

Choimhead Madame Lucille air Brontorìona
mun dà shùil. "Dè an t-ainm a thoirt, a ghràidh?"
"Brontorìona. Brontorìona Apatosaurus. 'S e fìor
ainm dannsair a tha sin, nach aontaicheadh tu?"
Dh'aontaich Madame Lucille. Ciamar nach
aontaicheadh?

"Fàilte gu Acadamaidh Dannsa Nigheanan is Gillean Madame Lucille," ars ise. "Feuch nach fhùc thu na dannsairean eile."

"Ceòl a' Mhagnolia!" dh'èigh i ri tè a' phiàno.

Nuair a thòisich Magnolia ri cluich, thionndaidh Madame Lucille a th' aire ris na h-oileanaich.

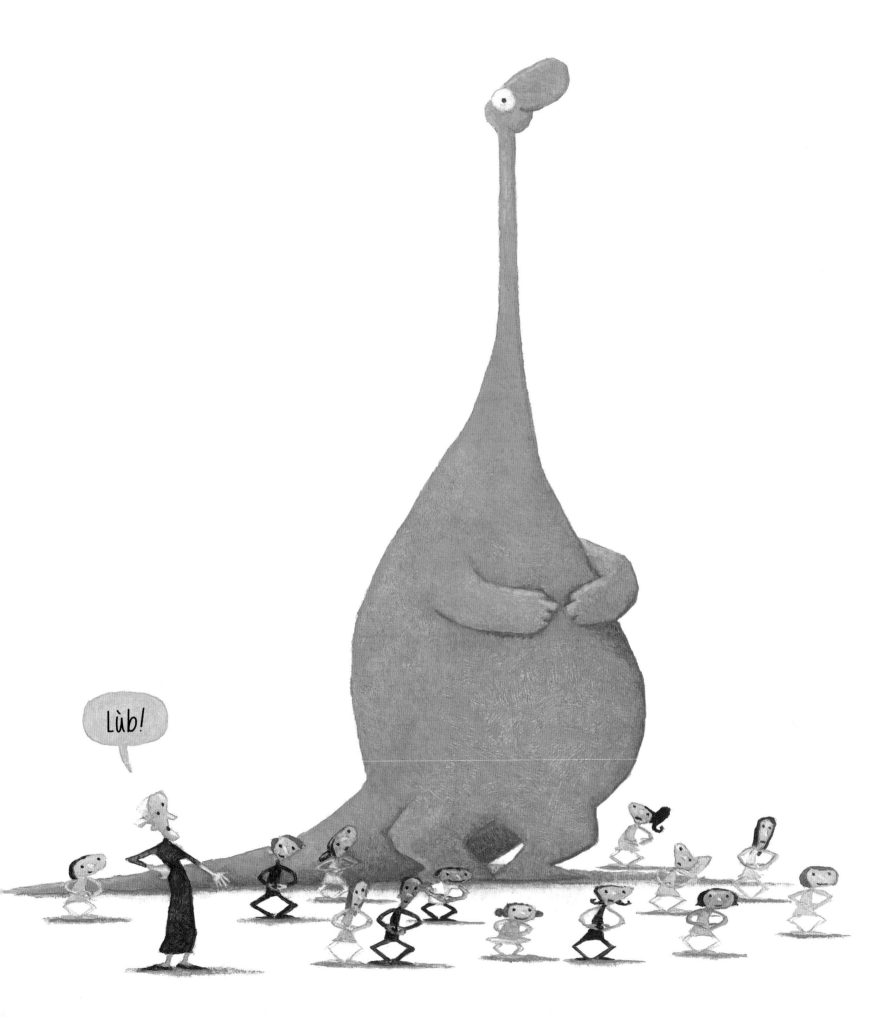

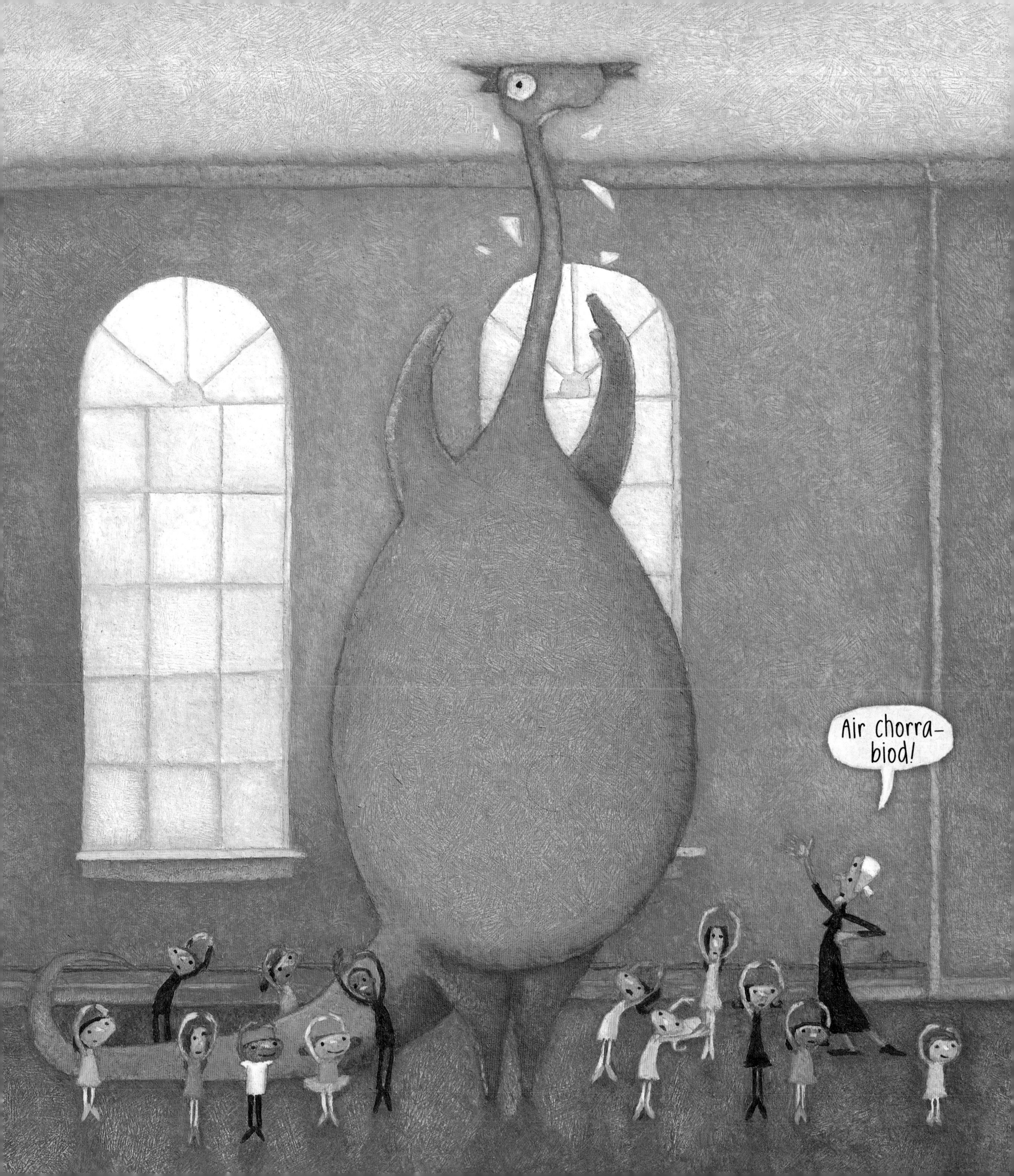
Air chorra-biod!

"Nach tu tha aotrom air do chasan, a ghràidh!" arsa Madame Lucille.

Dh'fhàs Brontorìona dearg. "Air an taobh a-muigh, 's e dìneasair a th' annam. Ach nam chridhe..."

"'S e ballerina a th' annad!" dh'èigh Clara agus Seoc.

Tha i fhathast gun bhrògan ceart!

Anns na seachdainean a lean...

"Ò, a Bhrontorìona!" arsa Madame Lucille. "Tha eagal orm gu bheil thu ro mhòr airson a bhith nad bhallerina. 'S ann air èiginn a thoilleas tu anns an stiùidio agam. Ciamar air thalamh a thogas dannsair thusa suas os cionn a chinn?"

"Nì mise an gnothach air!" dh'èigh Seoc.

"Ò, mo ghràidh," arsa Madame Lucille le osnadh, "Cha dèan idir."

Thuit deur o shùil Brontorìona.
A ceann sìos, thionndaidh i ri falbh.

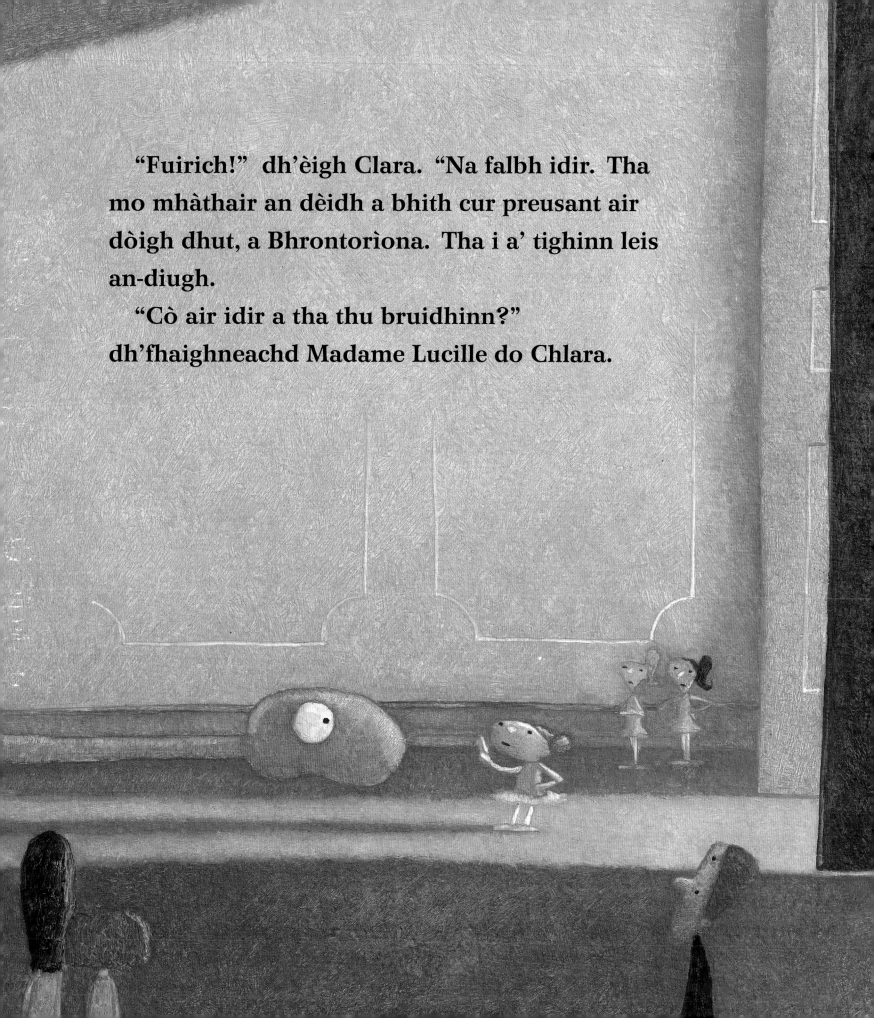

"Fuirich!" dh'èigh Clara. "Na falbh idir. Tha mo mhàthair an dèidh a bhith cur preusant air dòigh dhut, a Bhrontorìona. Tha i a' tighinn leis an-diugh.

"Cò air idir a tha thu bruidhinn?" dh'fhaighneachd Madame Lucille do Chlara.

Cò nochd aig an doras ach màthair Clara.
"Feumaidh gur tusa Brontorìona," ars ise, agus
i sìneadh thuice am preusant. "Tha mi 'n dòchas
gur e a' mheudachd cheart a th' annta?"

Uill, a-nist tha na brògan ceart aice!

Bha plìonas mòr air aodann Brontorìona. "Tha iad cho
math 's a ghabhas!" ars ise. "'S e ballerina a th' annam!
No 's e bhitheadh annam...mura biodh cho mòr 's a tha mi."

"Ò, fail la la lò!" arsa Madame Lucille. "Carson nach do
thuig mi seo cheana? Chan e an trioblaid gu bheil thusa ro
mhòr. 'S e an trioblaid gu bheil an stiùidio agamsa ro bheag!"

Dh'fhalbh an clas gu lèir a choimhead airson stiùidio mòr gu leòr airson cuid tàlant Brontorìona.

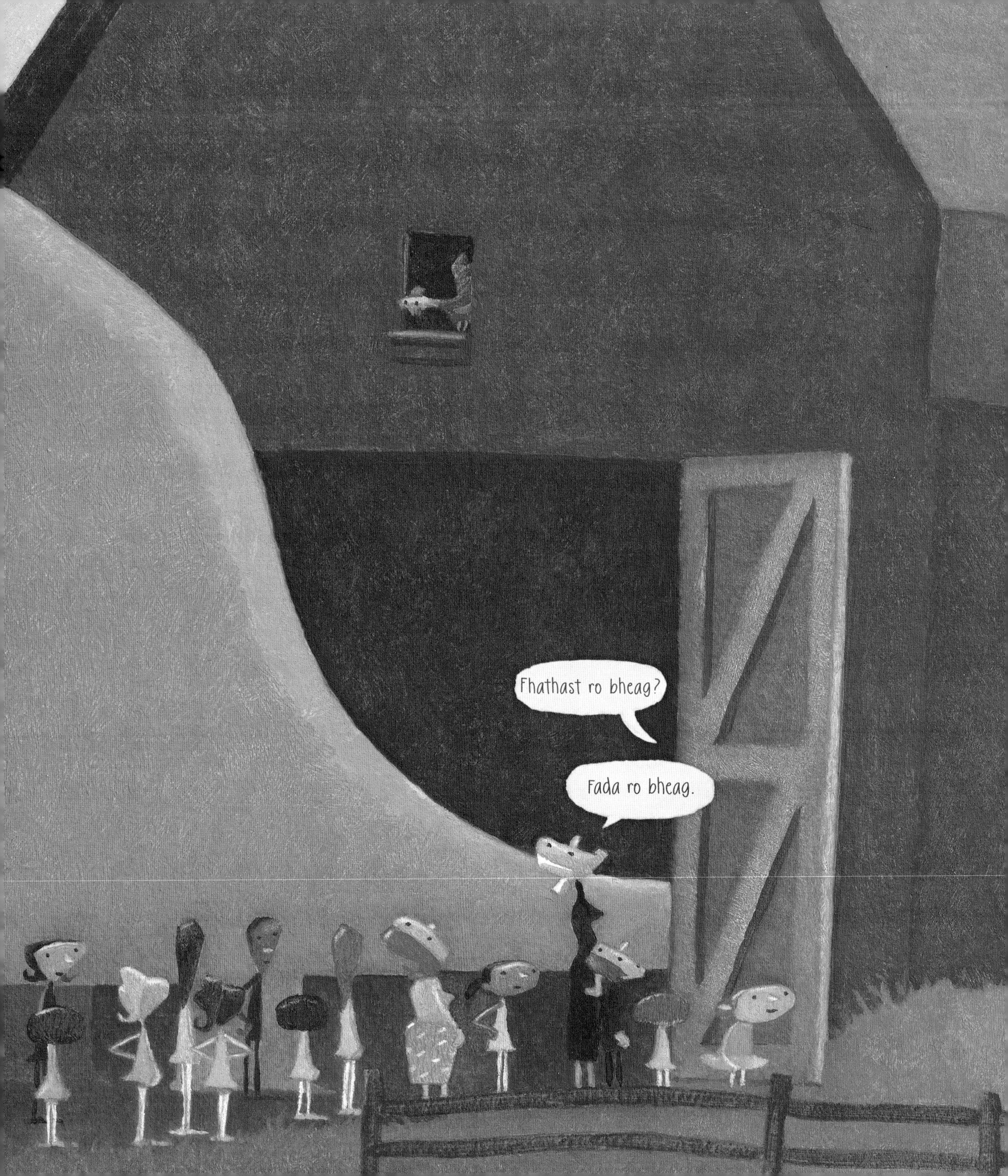
Fhathast ro bheag?
Fada ro bheag.

A-nist tha rùm gu leòr anns an acadamaidh
dannsa aig Madame Lucille dhan h-uile duine.

Cò a chreideadh gur ann le aisling a thòisich a h-uile rud a bh' ann?